Y0-COS-287

Tomar, le tigre de Sibérie

De la même auteure :

Il était une fois… Marcel-François Richard, Tracadie-Sheila, La Grande Marée, 2006, 48 p.

Fabien, Tracadie-Sheila, La Grande Marée, 2005, 49 p.

La princesse Obèse, Tracadie-Sheila, La Grande Marée, 2003, 45 p.

Artémise Blanchard

Illustrations
Anne-Marie Sirois

La Grande Marée

L'éditeur désire remercier le Conseil des Arts du Canada
et la Direction des arts du Nouveau-Brunswick pour leur
contribution financière à la réalisation de cet ouvrage.

Révision :

Réjean Ouellette

Graphisme et conseil à l'édition :

Raymond Thériault

Distribution :

Prologue inc.
1650, boul. Lionel-Bertrand, Boisbriand, QC J7H 1N7

ISBN 978-2-349-72250-8

© Éditions La Grande Marée ltée, 2007
C.P. 3126, succ. bureau principal
Tracadie-Sheila (Nouveau-Brunswick) E1X 1G5 Canada
Téléphone : 1-506-395-9436
Courriel : jouellet@nbnet.nb.ca
Site Web : www.lagrandemaree.ca

Dépôt légal : 3ᵉ trimestre 2007, BNC, BNQ, CÉA

À toi qui aimes les animaux, bonjour !

Je pourrais te dire que j'ai connu Tomar il y a bien longtemps, mais je mentirais. En fait, je l'ai connu tout dernièrement. J'avais appris par les journaux qu'il se faisait vieux et qu'il était malade. Curieuse, j'ai voulu le voir… Je l'ai vu, et ce qui devait arriver arriva : j'eus le **coup de foudre**. Oui, je suis tombée amoureuse de Tomar. De retour à la maison, j'ai pris la décision de te le faire connaître en écrivant sa vie de gros chat sauvage né en **captivité**.

Tomar, le tigre de Sibérie est une histoire vraie. Très souvent, les histoires les plus intéressantes et les plus touchantes sont des histoires vraies, des histoires vécues par des personnes ou des animaux que l'on connaît et que l'on aime. C'est dans cette **optique** que j'ai voulu écrire l'histoire de Tomar, le tigre de Sibérie (appelé aussi tigre des neiges) qui fait la fierté du Jardin zoologique de la Côte magnétique de Moncton.

Comme tu pourras le constater, Tomar est un animal très attachant. Ses admirateurs se comptent par milliers et ils passent des heures devant son enclos à le regarder manger, dormir, s'amuser, se relaxer ou tout simplement faire les cent pas. Je te préviens, quand tu l'auras connu, tu en deviendras amoureux ou amoureuse toi aussi !

Sans plus tarder, voici Tomar le fort, le fier, le majestueux…

Bonne lecture !

Note : Les mots en **caractères gras** sont définis dans le glossaire, à la fin du livre. Tu y trouveras aussi des questions se rapportant à l'histoire de Tomar.

À Bruce Dougan, gérant
du Jardin zoologique de la
Côte magnétique, de Moncton,
et à Bernard Gallant,
fidèle gardien de Tomar

En ce 14 novembre 1988, le Jardin zoologique Assiniboine, de Winnipeg, bourdonne d'activité. Dès l'**aube**, les employés s'**affairent** à nettoyer les cages des pensionnaires du zoo avant de leur servir leur **ration** de nourriture.

Le gardien qui s'occupe de Sari, la tigresse de Sibérie, observe sa protégée avec **sollicitude** et intérêt. C'est que, d'un moment à l'autre, elle va **mettre bas**, et pour rien au monde il ne voudrait rater ce moment privilégié. Chère tigresse ! Son ventre rond est gonflé par la **gestation** qui s'achève. Elle se déplace péniblement, s'écrase par terre, se relève, rampe quelques mètres puis se laisse **choir** sur un tas de paille. Aucune position ne lui semble confortable. Sa charge de future maman commence à lui peser lourdement.

Soudain, la tigresse émet un **feulement langou-
reux**. Le gardien ouvre tout grands les yeux. Le spec-
tacle qui s'offre à lui est fascinant. Entre les pattes
arrière de Sari gît un **tigreau** qu'elle s'empresse de
lécher avec tendresse. Immobile, le gardien attend…
Il se demande si la tigresse va mettre bas d'autres
tigreaux. Mais non, la **portée** de Sari se limite à un
seul nouveau-né. Loin d'être déçu, le gardien est fou
de joie. Il lance en l'air sa casquette, court de droite à
gauche et crie à tue-tête à qui veut l'entendre : « Venez
voir notre nouveau pensionnaire ! C'est un magnifi-
que tigreau ! Je vais l'appeler Tomar. C'est un nom
qui lui va à merveille ! »

C'est ainsi que la nouvelle de la naissance de Tomar se répand dans tout le zoo comme une **traînée de poudre** et, il fallait s'y attendre, dans tout Winnipeg et les environs. Du coup, hommes, femmes et enfants se bousculent aux portes du zoo. Tous veulent contempler de plus près la nouvelle **coqueluche** du parc.

Ils ne sont pas déçus ! Contre le ventre bien chaud de Sari devenue maman est **blotti** un tout petit tigre d'à peine un kilo, d'une beauté **inouïe**. Chaque partie de son corps **frêle** est un chef-d'œuvre de la création : une petite tête ronde **flanquée** de deux oreilles pour capter les bruits environnants, deux yeux à peine perceptibles encore fermés à la lumière du jour, une bouche **avide** de lait maternel, quatre pattes minuscules munies de griffes **rétractiles**, un petit bout de queue et un **pelage** jaune-roux rayé de bandes noires. Quelle merveille !

À la naissance, Tomar est aveugle, mais son gardien ne s'inquiète pas. Il sait que c'est une situation temporaire et normale. Les yeux de Tomar sont recouverts d'une enveloppe qui disparaîtra dans de sept à dix jours. Alors, Tomar ouvrira les yeux et pourra regarder sa maman et observer la nature qui l'entoure.

Pendant les premières semaines de son existence, Tomar se **délecte** du lait maternel. Il en demande encore et encore. Parfois, il s'endort accroché à la tétine qui le nourrit. « Petit gourmand ! » se dit sa maman, qui **somnole** pendant les **tétées**.

Après quelques mois, Sari invite Tomar à partager le morceau de bœuf que lui sert son gardien. Avec beaucoup de patience, elle enseigne à son petit comment se servir de ses griffes et de ses **canines** pour déchiqueter la viande et la mastiquer comme il faut. Tomar est un **mammifère carnivore**. Il aime la viande, qui est sa principale source de nourriture. S'il était né en liberté, il apprendrait à chasser lui-même ses **proies**, mais le sort a voulu qu'il naisse en captivité. Il doit donc être patient et attendre qu'on lui serve sa ration quotidienne de viande.

Le repas terminé, Tomar fait sa toilette. Bien assis sur son **arrière-train**, il copie les gestes de sa maman. Il porte sa patte avant droite à sa gueule, rétracte ses griffes dans leur enveloppe, sort sa petite langue **rêche** et **humecte** de sa salive le bout de sa patte qu'il passe maintenant sur toute sa tête. Il refait son geste jusqu'à ce qu'il soit bien propre. Puis, dans un mouvement de langue répété, il lèche son petit ventre blanc et termine sa toilette par ses pattes **postérieures**. Bientôt, il est fin prêt pour la journée qui s'annonce, mais déjà, le sommeil le gagne. Une petite sieste s'impose, et Sari est encore le meilleur oreiller. Tomar ferme lentement les yeux et **sombre** dans un sommeil profond.

Éveillé par les visiteurs qui s'exclament, le petit tigre bâille longuement, comme s'il n'avait pas assez dormi. Lentement, et comme à regret, il se lève, **cambre** le dos et étire ses pattes de devant en soulevant les hanches et le fessier aussi haut que possible. Ce **rituel**, il va le répéter plusieurs fois par jour.

Mais Tomar ne fait pas que manger, se laver et dormir… Comme tous les chatons qui se respectent, il aime jouer. Tout ce qui bouge pique sa curiosité et attire son attention, ne serait-ce que quelques secondes. Parfois, c'est une brindille dans son enclos qui le distrait, parfois la grosse queue de sa maman qui se balance. Tomar s'amuse de tout et de rien, et il est heureux.

Pendant que Tomar apprend à se comporter en tigre, Bruce Dougan, gérant du Jardin zoologique de la Côte magnétique, de Moncton, est à la recherche d'une **attraction** pour son zoo. Il souhaite trouver un animal encore peu connu des gens de la région, qui saurait attirer les foules par sa beauté et son exotisme, et qui s'adapterait aux rigueurs de l'hiver. Plus encore, son espèce doit être menacée d'**extinction**. Comme Tomar répond à toutes ces exigences, M. Dougan entreprend des démarches pour faire venir le jeune **félin** à Moncton. C'est ainsi que, au printemps de 1989, Tomar le tigre de Sibérie devient la **mascotte** du Jardin zoologique de la Côte magnétique. Il a alors cinq mois, est **grassouillet** et possède un charme irrésistible.

Pour que son environnement ressemble le plus possible à l'habitat naturel du tigre de Sibérie, les employés du zoo de Moncton aménagent l'enclos de Tomar de façon que le petit tigre se sente libre malgré sa captivité. Ils installent des plateformes de diverses hauteurs afin qu'il puisse grimper, sauter et bondir à sa guise.

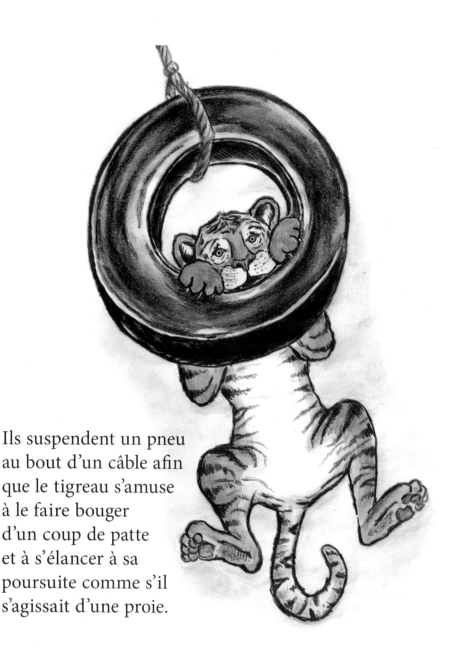

Ils suspendent un pneu
au bout d'un câble afin
que le tigreau s'amuse
à le faire bouger
d'un coup de patte
et à s'élancer à sa
poursuite comme s'il
s'agissait d'une proie.

Peu de temps après son arrivée au zoo de Moncton, Tomar fait la connaissance de Pasha, une jeune tigresse du même âge que lui, née elle aussi en captivité, dans un zoo de l'Ontario. M. Dougan en a fait l'acquisition pour qu'elle devienne la compagne de Tomar. Les deux tigreaux partagent la même cage et les mêmes activités. Ils mangent ensemble, se **chamaillant** parfois pour le même morceau de viande. Ils jouent dans la neige en hiver, nagent dans la piscine aménagée pour eux en été et dorment blottis l'un contre l'autre en plein après-midi, sous le regard amusé de leurs admirateurs. « Quelles belles bêtes ! » s'exclament les visiteurs, charmés.

Après deux ans de vie commune, Pasha et Tomar sont inséparables. Un beau jour, comme il se prépare à servir le déjeuner de ses protégés, Bernard, le fidèle gardien du zoo, se rend compte que l'humeur de Pasha est différente. Elle ne joue pas avec Tomar. Elle arpente l'enclos de long en large, ignorant son compagnon de tous les instants. « Qu'est-ce qui se passe ? se demande Bernard, perplexe. Ma tigresse serait-elle malade ? »

En fait, Pasha n'est pas malade, mais en gestation. Pendant encore trois ou quatre mois, elle va abriter dans son ventre une portée de petits tigreaux qu'elle présentera avec fierté à Tomar le temps venu. Durant cette période d'attente, Tomar passe beaucoup de temps seul même s'il partage toujours son enclos avec Pasha. Comme tous les tigres, Tomar est de nature solitaire et il s'accommode très bien d'être laissé de côté par la tigresse.

Le 8 mai 1992, Pasha met au monde quatre tigreaux tous aussi adorables les uns que les autres. En bonne maman, elle en prend grand soin sous les yeux de papa Tomar, qui regarde sa **progéniture** avec fierté. La portée compte un mâle et trois femelles. La naissance des **quadruplés** vient couronner les efforts du zoo visant à protéger cette espèce menacée. Bernard est très fier de ses protégés et, comme l'a fait jadis le gardien du Jardin zoologique Assiniboine, il partage l'heureuse nouvelle de la naissance des petits (Chita, Sasha, Tasha et Shaibu) avec les autres employés du zoo et avec les habitants de Moncton. Encore une fois, c'est la joie !

Après la naissance des petits, l'enclos de Tomar est plus animé que n'importe quel autre enclos du parc. Bien que Pasha soit très protectrice de ses petits, elle les confie parfois à la garde de Bernard, qui les met en laisse et les promène dans tout le parc, heureux de présenter ses protégés aux visiteurs fascinés. À l'occasion, le gardien permet aux enfants qui visitent le zoo de prendre les petits tigres dans leurs bras ou de les caresser. À cet âge, les tigreaux sont inoffensifs et ne présentent aucun danger pour les enfants. Dès l'âge de six mois, ils devront par contre rester en cage car les tigres adultes, même nés en captivité, demeurent des animaux sauvages.

Les mois passent et les tigreaux grandissent. À un an, Shaibu est envoyée à Jungle Cat World, un zoo de la région de Toronto. Puis c'est au tour de Sasha de partir pour le zoo de Québec. Finalement, Tasha et Chita sont envoyés au Parc Safari de Hemmingford, au Québec. Bernard est attristé de voir partir ses protégés, mais il espère bien les visiter à l'occasion. Il sait qu'ils le reconnaîtront au feulement qu'il imite avec adresse et qui fait de lui un des leurs.

À nouveau seuls, Tomar et Pasha partagent leur vie entre les jeux et la détente. Tomar aime bien se relaxer dans l'espace **restreint** de son enclos. Humant l'air frais à pleins poumons, le regard perdu, rêve-t-il de parcourir par bonds de grands espaces enneigés à la poursuite d'un **cerf** ou d'un **sanglier** ? On ne le saura jamais ! Quand Bernard, son fidèle gardien, l'appelle pour le nourrir ou pour le caresser, Tomar se doute-t-il que l'être humain est le seul prédateur du tigre de Sibérie vivant à l'état sauvage ?

Mais, comme beaucoup d'autres de son espèce, Tomar est né en captivité. N'ayant jamais connu son habitat naturel, il fait confiance aux humains et apprécie leur compagnie. Il est une source d'espoir pour la continuité de son espèce puisque, à l'état sauvage, les tigres de Sibérie ont presque tous disparu aux mains de leur prédateur. En fait, on estime à environ 400 le nombre de tigres de Sibérie qui vivent en liberté dans un habitat naturel. C'est peu ! Heureusement que les jardins zoologiques à travers le monde prennent la relève et tentent de sauvegarder cette espèce menacée d'extinction.

Tomar a maintenant dix-neuf ans. Il est encore beau, fort, majestueux. Il a eu une vie bien remplie à faire le bonheur de ses « fans », qui se pressent toujours contre le grillage de son enclos pour l'admirer encore et encore. Depuis quelques mois, il maigrit. Ses **flancs** se creusent. M. Dougan et Bernard s'inquiètent. Tomar serait-il malade ? Il se fait vieux maintenant et, tout comme les humains, il faut s'attendre à ce qu'un jour il nous quitte pour de bon. Les journaux en parlent… Oui, Tomar est malade. Ses reins ne fonctionnent plus aussi bien que par le passé. Il boit beaucoup trop d'eau et mouille son lit de paille. On s'inquiète… Les journaux annoncent bientôt qu'on a changé sa diète, qu'on a installé une chaufferette dans sa maison et que Tomar se porte mieux, beaucoup mieux. Quel soulagement !

Le jour où Tomar nous fera ses adieux n'est peut-être pas loin, car les tigres en captivité ont une **longévité** d'une vingtaine d'années. Mais l'heure venue, il faudra s'y **résigner**, tout comme Tomar accepta, il y a quelques années, que sa Pasha quitte leur enclos pour le paradis des tigres. Il est à espérer qu'un jour les descendants de Tomar et Pasha puissent à nouveau parcourir librement les forêts de la Sibérie.

SIBÉRIE

MONGOLIE

CHINE

Fleuve Amour

CORÉE
DU NORD

CORÉE
DU SUD

JAPON

Glossaire

affairer (s') : S'activer, travailler fort.

arrière-train : Derrière ou fessier d'un mammifère qui marche à quatre pattes.

attraction : Chose ou personne qui attire le public.

aube : Première lueur du jour.

avide : Qui désire avec gourmandise.

blottir (se) : Se coller contre quelque chose ou quelqu'un, se réfugier auprès de lui.

cambrer : Courber vers l'intérieur, creuser, surtout en parlant du dos.

canine : Chacune des dents pointues, très développées chez les carnivores, qui se trouvent de chaque côté des incisives.

captivité : Situation d'une personne ou d'un animal qui est privé de liberté.

ration : Quantité de nourriture destinée à un animal pendant une journée.

rêche : Rude au toucher.

résigner (se) : Accepter sans résister.

restreint : Limité.

rétractile : Se dit des griffes qu'un animal peut rentrer, retirer.

rituel : Ensemble de gestes répétés selon certaines règles ou habitudes.

sanglier : Cochon sauvage.

sollicitude : Soin, affection, tendresse.

sombrer : Glisser, se laisser aller.

somnoler : Dormir à demi.

tétée : Repas d'un petit que sa mère allaite.

tigreau : Petit tigre.

traînée de poudre (comme une) : Très rapidement.

QUESTIONS

1. Trouve où se situe la Sibérie sur une mappe-monde.

2. Que veut dire l'expression « un froid sibérien » ?

3. Dans quelles autres parties du monde trouve-t-on des tigres en liberté ?

4. Peut-on vraiment apprivoiser un tigre de Sibérie en captivité ? Pourquoi ?

5. Quelles sont les ressemblances et les différences entre un chat domestique et un tigre ?

6. Où Tomar est-il né ?

7. Dans l'histoire, combien Pasha a-t-elle mis de tigreaux au monde ?

8. À quels jardins zoologiques du Canada sont allés ces tigreaux ?

9. Pourquoi garde-t-on en captivité des animaux dont l'espèce est menacée d'extinction ?

10. Combien reste-t-il de tigres de Sibérie dans leur habitat naturel ?

11. Quel est le plus redoutable ennemi du tigre de Sibérie à l'état sauvage ? Explique pourquoi.

12. Que peux-tu faire pour empêcher les espèces menacées, comme le tigre, de disparaître de la planète ?

Achevé d'imprimer en août 2007
sur les presses de l'imprimerie Gauvin,
Gatineau, Québec